타탄은 늘 짙은 먼지가 뿌옇게 뒤덮인 잿빛 마을에 살고 있어.

그거 알아?
사실 잿빛 마을은 모래와 먼지로 만들어졌대.

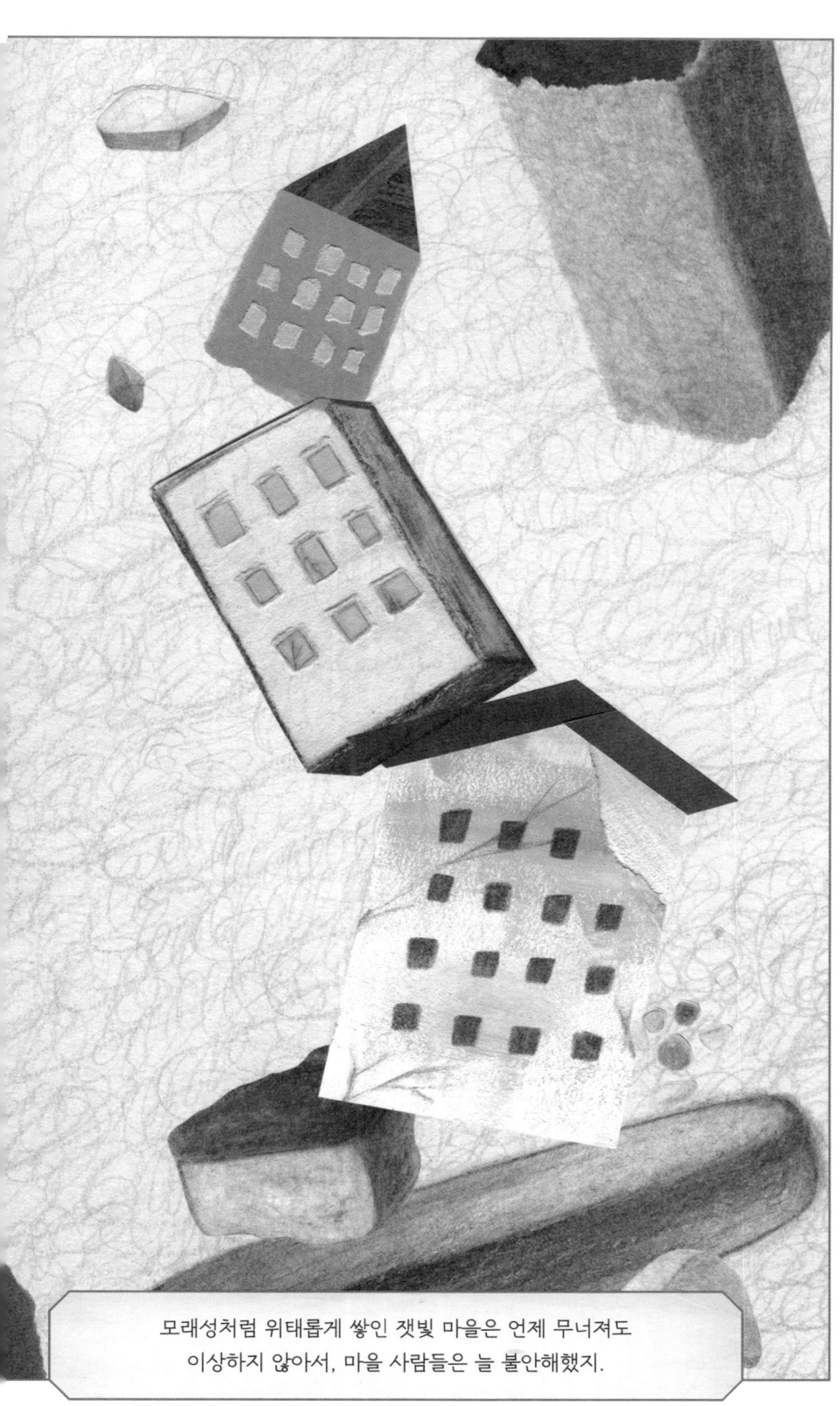

모래성처럼 위태롭게 쌓인 잿빛 마을은 언제 무너져도
이상하지 않아서, 마을 사람들은 늘 불안해했지.

하지만 타탄은 신경 쓰지 않아.
타탄의 관심사는 오로지 체크무늬!

- 난 체크가 제일 좋아. 이유는 없어. 그냥 좋아.

잿빛 마을 사람들은 타탄을 보고 항상 수군거려.
- 타탄 말이야, 좀 이상하지 않아?

- 타탄. 좀 평범하게 하고 다닐 수 없니? 우리는 네가 부끄러워.
- 하지만 체크무늬 없이는 재미가 없는걸!

잿빛 마을 아이들은 매일 타탄을 괴롭혔어.

- 저 깊은 숲 너머 어딘가엔
있는 그대로의 나를 사랑해 주는 사람들이 있을 거야.

타탄은 부드러운 강물이 흐르고

빛나는 고양이가 뛰어노는 숲속에서

도로시 맨션을 발견했어.

이곳엔 누가 살고 있을까?

온몸에

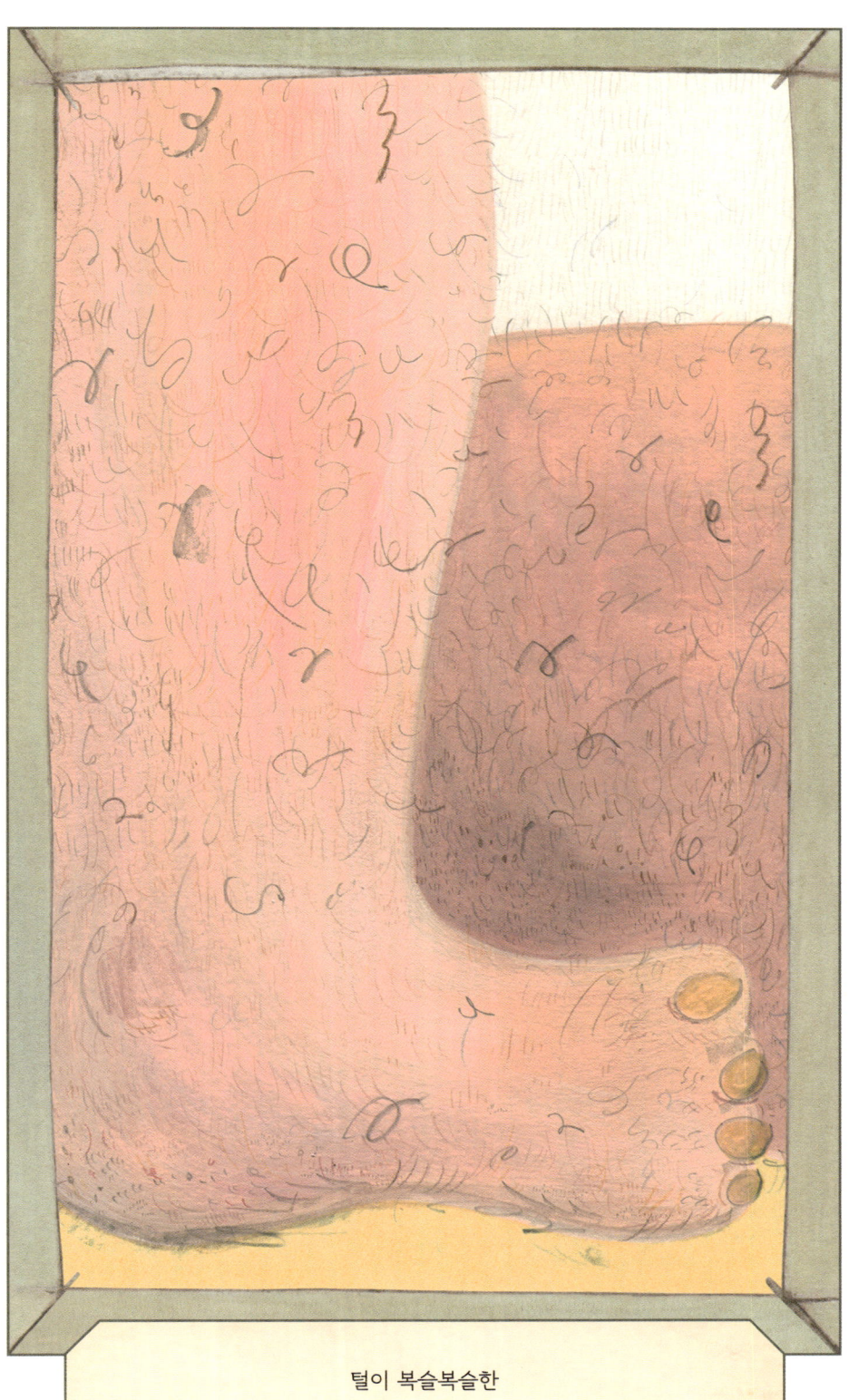

털이 복슬복슬한

소녀와

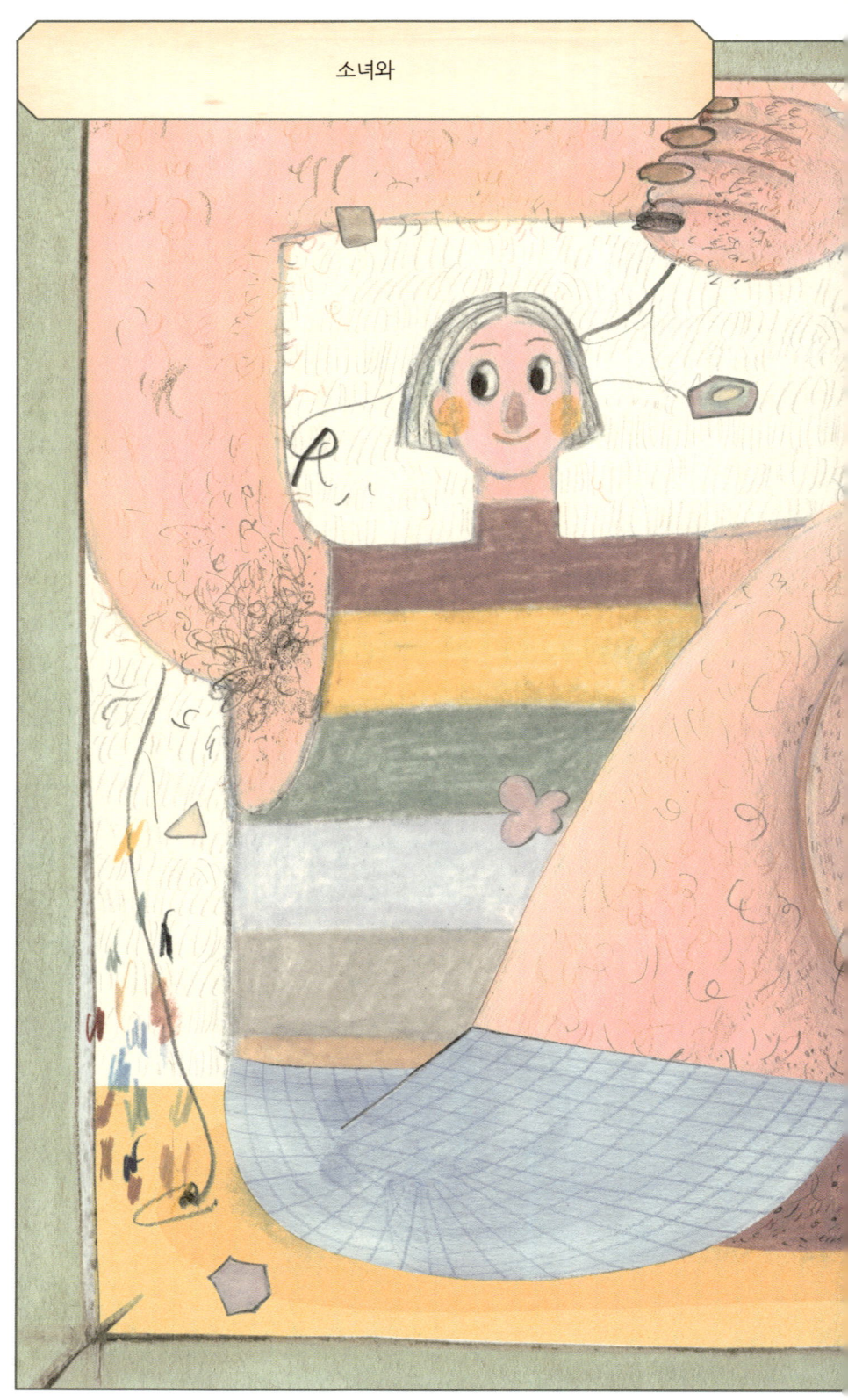

세상의 모든 지혜를 품고 있는

소년

- 어서 와, 타탄.

- 안녕, 클래버! 해리가 너라면 숲을 떠나 새로운 마을로 가는 방법을 알 거라고 했어.

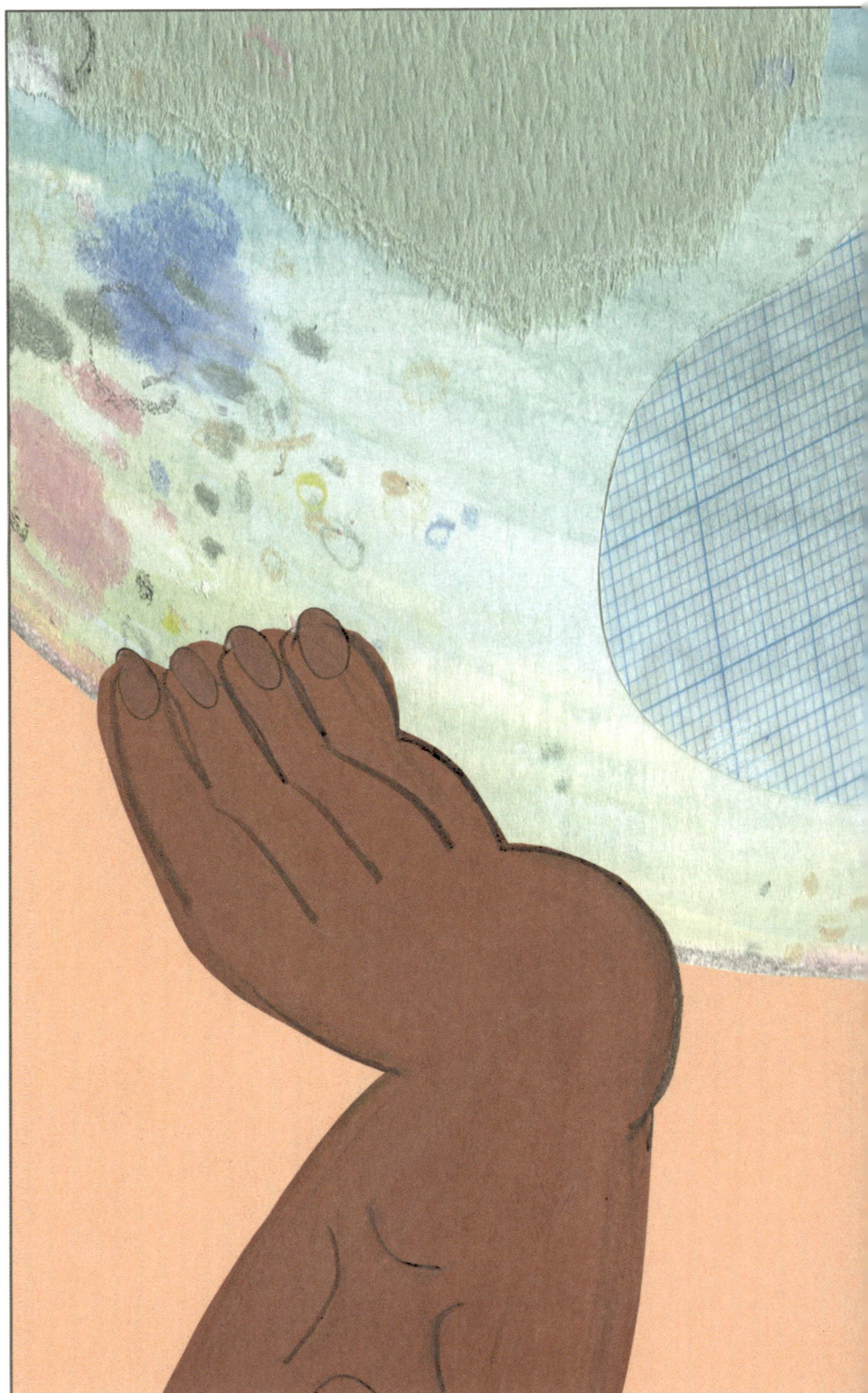

지구를 통째로 옮길 수 있을 만큼 힘이 센

- 저기 언덕 너머 래시 아저씨한테 가 봐.
아저씨라면 숲 너머에 뭐가 있는지 알지도 몰라.

사시사철 아름다운 꽃을 피우는

- 정말요? 그런데 왜 잿빛 마을이 되었어요?

- 무엇이든 자기다운 모습으로 살아갈 때 스스로 빛나는 존재가 될 수 있다는 것을 잊었기 때문이지.

낙서를 좋아하는 할머니는

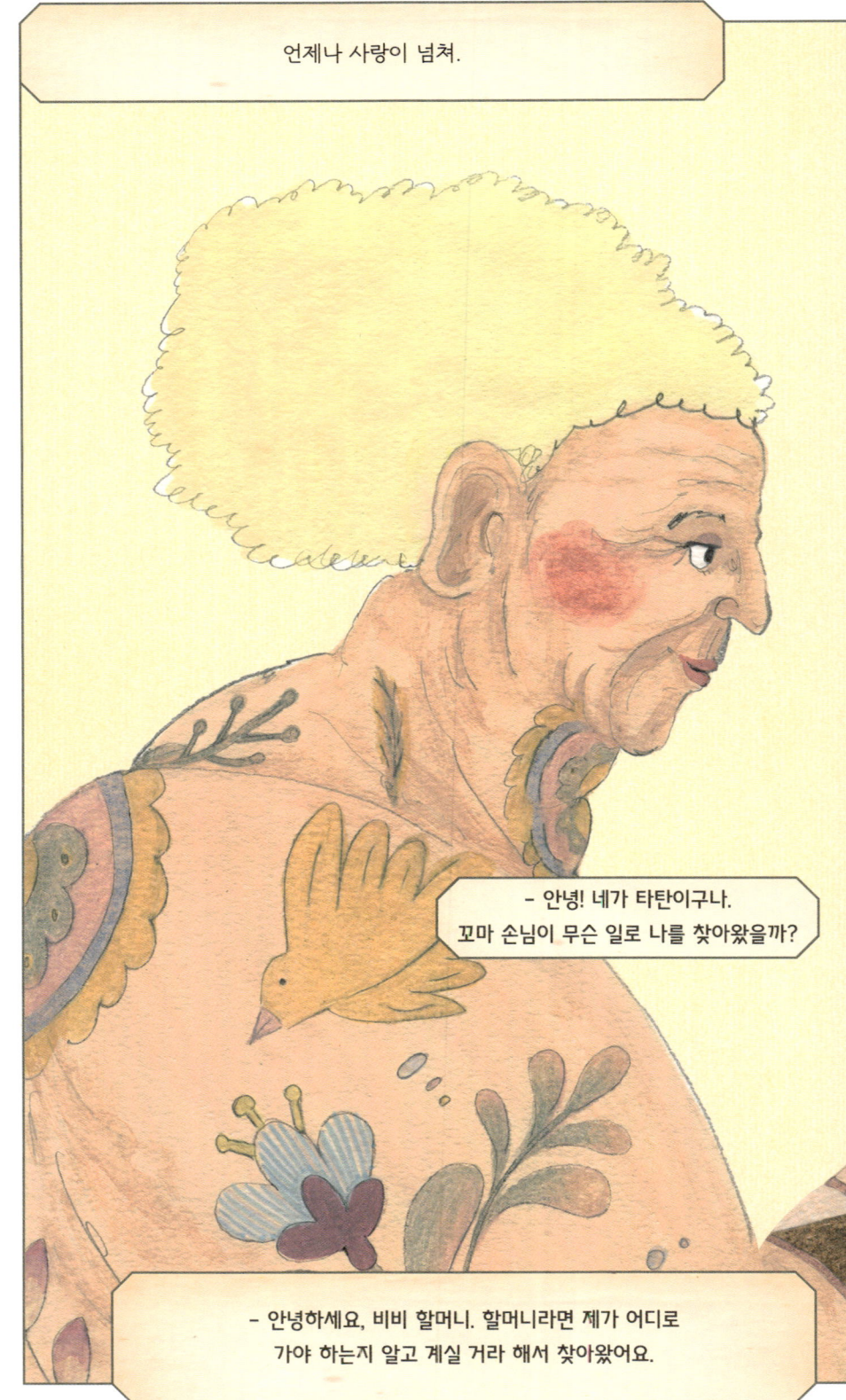

- 호호! 그렇구나. 그런데 타탄, 너는 왜 이 숲을 떠나고 싶어 하니? 중요한 것은 '어디에 사느냐'가 아니라 '어떻게 사는가'란다.

- 어떻게요?

- 도로시 맨션 꼭대기에 사는 가족들을 만나 보면 어떨까?
그들은 숲 너머 바다 건너 먼 나라에서 왔단다.

도로시 맨션에선 사랑하는 사람 누구와도

가족이 될 수 있어.

- 실례합니다. 저는 타탄이라고 해요.

- 안녕, 타탄. 잘 왔어.

- 똑똑똑, 쿠키를 구웠는데 같이 먹을래요?
- 좋아요! 마침 새로운 이웃 타탄도 왔어요!

빈, 무무, 샤샤, 아로, 케로.
모두 모습은 다르지만 누구보다 서로를 사랑하는 가족이야.

- 사람들은 나를 미워해요. 어떻게 하면 사랑받을 수 있나요?

- 우리는 세상의 끝이라고 불리는 바다 건너 먼 섬나라에서 왔어.
그곳에서 우리도 함께라는 이유만으로 미움받았지.

- 사람들은 자신과 다른 사람들을 인정하고 싶어 하지 않아.
  자신의 틀이 깨지는 게 두려운 거야.

- 도로시 맨션에서 함께 살아가자 타탄.
- 우리가 너의 가족이 되어 줄게.

도로시 맨션 사람들은 타탄을 위해 환영 파티를 열어 주었어.

그들은 괴물들이야! 언제 마을을 쳐들어올지 몰라!

허겁지겁 도망쳐 나온 도로시 맨션 사람들은 이리저리 헤매다

결국 숲속 반대편 잿빛 마을에 도착했어.

그때, 갑자기 검은 모래바람과 거친 태풍이 몰아치기 시작했어.
메마른 땅 위에 위태롭게 서 있던 건물들은 와르르 무너지고,

야트막한 지붕은 종잇장처럼 날아갔지.
마을 사람들은 혼비백산이 되어 사방으로 흩어졌어.

- 이게 무슨 소리지?

소야와 해리는 털이 엉켜 눈도 보이지 않는
강아지를 씻기고 빗겨 주었어.

래시는 메마른 숲에

나무와 꽃을 피우고

아로와 케로는 나무와 길 잃은 동물들에게
예쁜 뜨개옷을 입혀 주었어.

빈과 무무는 부서진 집들에 다양한 모양의
지붕과 창문을 만들어 주었지.

클래버는 교실에 앉아 있는 쿠키 틀에서
찍어 낸 듯한 학생들에게 외쳤어.

밖으로 나온 아이들은 눈이 둥그레졌어.

비비 할머니는 꽃구경을 하고 있는 아이들에게 예쁜 그림을 그려 주었고

어느새 잿빛 마을은 갖가지 색으로 빛나는 빛 마을이 되었어.

우리의 모습이 서로 다르듯이
사랑의 모양은 모두 달라.

그리고 마음은 어디에나 담길 수 있고
어디로도 흐를 수 있지.

사랑이 넘치는 도로시 맨션에 놀러 오세요.

글/그림 가히지

뉴질랜드와 한국에서 초상화 아티스트로 활동했으며 사람과 여행,
일상에서 기억에 남는 순간들을 그림으로 기록합니다.
어디에나 있고 어디에도 없는 퀴어한 이야기를 그리고 싶어 그림책을 공부했습니다.
2021년 만화 <내가 그리고 싶은 건>을 독립 출판하였습니다.
<도로시 맨션>은 오랫동안 하고 싶었던 이야기로 만든 첫 그림책입니다.

초판1쇄 인쇄일 2023년 3월 15일
초판1쇄 발행일 2023년 4월 13일

글 가히지
그림 가히지
펴낸곳 atnoon books
펴낸이 방준배
편집 정미진
디자인 유연성클럽
교정 엄재은

등록 2013년 08월 27일 제 2013-000257호
주소 서울시 마포구 연남로 30
홈페이지 www.atnoonbooks.net
유튜브 atnoonbooks0602
인스타그램 atnoonbooks
연락처 atnoonbooks@naver.com
FAX 0303-3440-8215

ISBN 979-11-88594-25-2
정가 17,000원

이 책의 글과 그림의 일부 또는 전부를 재사용하려면
반드시 저작권자의 동의를 얻어야 합니다. ⓒ 2023 가히지